Jorge Luis
Borges

El oro de los tigres

老虎的金黄

[阿根廷] 豪尔赫·路易斯·博尔赫斯 著

林之木 译

上海译文出版社

目 录

1_ 序言

5_ 帖木儿

10_ 剑

12_ 短歌

16_ 小诗十三首

23_ 苏莎娜·邦巴尔

25_ 致约翰·济慈

27_ 阿隆索·吉哈诺的梦

29_ 致一位恺撒

31_ 瞎子

34_ 关于他的失明

36_ 寻觅

38_ 失去了的

40_ 坟地

*42*_ 《一个医生的宗教信仰》，一六四三年

*44*_ 一九七一年

*46*_ 咏物

*50*_ 威胁

*52*_ 普洛透斯

*54*_ 再谈普洛透斯

*56*_ 雅努斯胸像的独白

*58*_ 高乔人

*61*_ 黑豹

*63*_ 你

*65*_ 量之歌

*68*_ 卫兵

*70*_ 致德语

*73*_ 致那忧伤的人

75_ 大海

77_ 致匈牙利的第一位诗人

79_ 人之初

82_ 引诱

86_ 一八九一年

88_ 一九二九年

93_ 诺言

95_ 惊人之举

97_ 四个时代

100_ 佩德罗·恩里克斯·乌雷尼亚的梦

102_ 宫殿

103_ 亨吉斯特需要人手（公元四四九年）

105_ 仇人轶事

108_ 致冰岛

*111*_ 致镜子

*113*_ 致一只猫

*115*_ 东兰辛

*118*_ 致丛林狼

*120*_ 一个明天

*122*_ 老虎的金黄

序　言

我们不能对一个上苍已经使之年届七旬的老人抱有很大的希望，他不过是熟练地掌握了某些技巧，偶尔有一点儿小的变化，而更多的则是老调重弹。为了避免或者至少是弥补这一缺欠，我也许有些过分热衷于信手拈来的各种题目。比喻随意，行文自由或者打破了十四行诗的约束。混沌初开的时候，人们都很茫然，听命于不可抗拒的自然规律，事物很可能就不存在有诗意和没有诗意的分别。一切都有点儿神奇。托尔[1]还不是雷神，而是雷和神。

对于一个真正的诗人来说，生命的每一个瞬间、每一件事情都应该是富有诗意的，因为其本质就是如此。据我所知，至今还没有一个人达到了那么高的境界。勃朗宁和布莱克比别的任何人都更接近于做到了这一点；惠特曼有过这种意愿，但是，他那刻意的罗列并非总能脱尽冷漠清单的痕迹。

我不相信文学流派，认为那都不过是把教学内容进行简化的方式。不过，如果要我说出我的诗歌源自于何处，我可能会说是源自于现代主义那一使许多西班牙语国家文学面貌一新，并且甚至波及到了西班牙本土的伟大解放运动。我曾不止一次地同孤傲的莱奥波尔多·卢贡内斯交往，他常常会改变话题谈起“我的朋友和导师鲁文·达里奥[2]”。(此外，我觉得，我们应该强调我们的语言的共性，而不是其地方特色。)

---

1 Thor，日耳曼语词汇，意为“雷霆”，是早期日耳曼民族共有的神，蓄有红胡须，力大无穷，对人类仁慈友善，与害人的巨人族不共戴天。

2 Rubén Darío (1867—1916)，尼加拉瓜诗人，西班牙语美洲国家现代主义文学运动的领袖。

我的读者可能会注意到某些篇章里的哲学倾向。小时候，有一次，父亲借助于棋盘（记得那是一块松木板）向我讲述了阿喀琉斯和乌龟进行的赛跑。从那时候起，我就有了这种偏爱。

至于本集中可能会表现出来的影响……首先是我喜欢的作家（我已经提到了罗伯特·勃朗宁），其次是我读过和引用过的作家，再其次是我没有读过却熟知的作家。语言是一种传统、一种感受现实的方式，而不是各种印象的大杂烩。

豪·路·博尔赫斯

一九七二年，布宜诺斯艾利斯

帖　木　儿*
（1336—1405）

我的王国属于这个世界。
狱卒、监牢和利剑
执行着我不说二遍的指令。
我随便说出的话语就是铁的法律。
就连在其遥远的国度
从未听到过我的名字的人们
也心甘情愿地任由我随意驱使。
我不过是草原上的牧工，
却把战旗插到了波斯波利斯[1]，
也曾在恒河及奥克苏斯河[2]里

饮过座下那燥渴的铁骑。

在我出生的刹那瞬间，

有一把利剑从天而落，

我现在是、永远都是那把利剑。

我制服了罗马人和埃及人，

我带领着剽悍的鞑靼士兵

踏遍了茫茫的俄罗斯大地，

我堆起了骷髅的高塔，

我将少数不肯臣服我的权威的君王

捆绑在了我的战车的辕下，

我将始传于混沌初开之前的

经典之经典《古兰经》

---

* 我可怜的帖木儿已于 16 世纪末读到了克里斯托弗 · 马洛所写大悲剧和某种历史课本。——原注
Christopher Marlowe（1564—1593），英国诗人和剧作家，所作《帖木儿》（上、下两卷）是英国最早的悲剧之一，叙述的是西徐亚牧羊人帖木儿赢得波斯王冠、击败土耳其王、征服大马士革、战胜埃及苏丹、派兵非洲和侵占巴比伦的故事。

1 古代伊朗阿契美尼德王朝的都城，公元前 330 年被马其顿亚历山大大帝征服。

2 今流经阿富汗、土库曼斯坦和乌兹别克斯坦的阿姆河的旧称。

投入到了阿勒波[1]的烈焰之中。
我，红色的帖木儿，
曾经把埃及那纯洁得像山顶积雪一样的
白美人塞诺克拉特拥在怀里。
我记得那络绎的满载驮队
和弥漫沙漠的滚滚尘埃，
也记得浓烟笼罩的城池
和酒馆里那忽闪的汽灯。
我无所不知、无所不能。
一部尚未写就的不祥著作
断言我将像凡人一样死去，
说我在那惨淡的最后时刻
下令让弓箭手冲着邪恶的天空
将铁矢钢镞一齐发射
并用黑色旗幡将苍穹遮蔽，
让这世界上的人全都知道

---

1 叙利亚北部重要城市。

所有的神明已经尽数殒殁。
我就是那众神。让别的神祇
借助相书、罗经和星盘去验明
自己的身份。我是所有的星辰。
在那晨光熹微的时分，我常常自问：
我为什么从来都没有走出这殿堂、
为什么不能领受
喧嚣的东方的膜拜祭祀？
有时候，我会梦见奴仆、狂徒
放肆地用手将帖木儿玷污
并要他安心睡觉、要他别忘了
每天晚上都必须
把镇静和缄口的药片吞服。
我寻找佩刀，却不知放在了何处。
我去照镜子，看到的却是别人的面孔。
所以，我砸了镜子并受到了惩罚。
为什么我没有亲临刑场？
为什么我没有看到利斧和头颅？

利斧和头颅令我不安，可是，
如果帖木儿反对，任何事情都不可能发生。
他也许爱的正是利斧和头颅却不自知。
我是帖木儿。我统治着西方
和美好的东方，然而……

剑

格拉姆、杜伦达、鸠约斯、埃克斯卡利伯[1]。
它们昔日的战绩随着诗歌的流传而得以播扬，
这诗歌就成了它们在人世间的唯一纪念。
它们的威名飘遍了整个世界的北国与南疆。
如今已经化作尘埃不复存在了的刚健手臂
拥有过的剽悍力量仍然残留在剑柄之上，
它们的挥舞劈刺曾经使或钢或铜的刃口
全都沾染上了亚当苗裔的新鲜血浆。
我在这里列数了遥远年代的利剑的功业，
它们的主人无不曾经斩杀过毒蛇和君王。
世界上还有着另外一种类型的锋刃利剑，

它们就悬挂在墙壁上伸手可及的地方。
剑啊，请允许我用你一展自己的技艺，
我呀，还未曾有过把握你的荣幸时光。

1 均为欧洲历史传说中的圣剑名称。

短　歌*

一

高高山顶上
整个花园像月亮。
金色的月亮。
黑暗中你的一吻
比什么都更温馨。

二

夜幕已降临，

小鸟隐去了身影，
也不再啁啾。
你在花园里徜徉。
你肯定有所追思。

三

别人的酒杯，
那剑也曾经属于
另外一个人，
屋外面的明月啊，
难道说这还不够？

* 我想把每行分别为五个、七个、五个、七个、七个音节的诗体引入我们的语言。天知道这些习作在东方人听起来会是一种什么效果。原体不押韵。——原注
短歌是日本的一种五句三十一音节的诗体。

四

凭借着月光，

黑纹的金色老虎

在察看爪子。

它已经不再记得

黎明时分杀过人。

五

凄雨潇潇下，

滴落在大理石上，

大地好悲凉。

人生岁月不哀戚，

还有梦境与黎明。

六

我没有倒下，

像我的前辈那样

在沙场捐躯。

在这空寞的长夜，

我在推敲着诗句。

小诗十三首

一位东方诗人

足足一百个春秋里我凝注着
你朦胧的轮廓。
足足一百个春秋里我瞩望着
你架在岛上的长虹。
足足一百个春秋里我的嘴巴
一直都未曾开启。

大　漠

这是没有时间概念的场所，

月亮也是黄沙的颜色。

此刻，恰恰就是在此刻，

梅陶罗河[1]及特拉法尔加海角[2]的人们在死去。

雨

这雨也洒落在了

昔日的哪一天、迦太基的哪一些庭院？

1 意大利中部的河流，曾是公元前 207 年罗马人大胜迦太基人的战场。

2 西班牙靠近直布罗陀海峡的海角，1805 年英国海军曾在此大败法国和西班牙海军。

阿斯忒里俄斯[1]

收成为我的人民提供食粮，
清水注满池塘。
石径交会在我的身上。
还有什么可以抱怨？
日暮黄昏的时候，
牛头让我觉得有点儿沉重难当。

一位小诗人

终极的目标是被人遗忘，
我早就实现了这一梦想。

1 Asterius，希腊神话中的克里特国王。他娶了被宙斯化作白牛劫掳到克里特生有两个儿子的欧罗巴为妻，并收养了她同宙斯生的儿子。

《创世记》第四章第八节[1]

事情发生在第一片荒原。
双臂投出了一块巨大的石头。
没有喊声，只有鲜血。
开天辟地头一回出现了死亡。
我已经不记得肇事的是亚伯还是该隐。

诺森伯里亚，公元九〇〇年

但愿野狼能在天亮之前将他吃掉，
利剑是最近便的通道。

1 《圣经·旧约·创世记》的这一节是："该隐与他兄弟亚伯说话，二人正在田间；该隐起来打他兄弟亚伯，把他杀了。"

米格尔·德·塞万提斯

祸星和福星
曾经主宰过我生命的夜空。
多亏福星的保佑，
我才有幸得进那让我梦见吉诃德的牢笼。

西　　方

小巷的尽头连着西方。
那是草原的起点。
那是死亡的开端。

雷蒂罗庄园

时光在院子里下着无子的棋。
树枝的飒飒划破了夜的宁寂。
屋子外面，辽阔的原野

制造出了漫漫尘雾和梦境奇迹。

你我相对成双影，共同抄录

赫拉克利特和乔答摩[1]两个幽魂口授的机密。

囚　徒

一把锉刀。

第一道沉重的铁门。

总有一天我会获得自由。

麦 克 白

我们的作为有着自己的轨迹，

那轨迹却不知所终。

我杀死自己的国王，

为使莎士比亚演绎成戏剧。

1　佛祖释迦牟尼的姓氏。

永恒之物

环绕着大海并成为大海的蟒蛇，

伊阿宋[1]划动的船桨，西古尔德的新铸宝剑。

只有不受时光局限的事物

才能在时光中长生久传。

1　Jason，希腊神话中的忒萨利亚王子，曾乘阿尔戈号船去喀尔科斯觅取金羊毛。

苏莎娜·邦巴尔

黄昏时分，她挺拔、高傲而矜持地
穿过无瑕的花园并且恰好置身在
那花园和亭亭玉影为我们营造的
清醇不再的刹那间静谧光晕之中。
此刻她的英姿就在我的眼前，然而，
我却仿佛见到她现身在迦勒底人
那乌尔城很久很久以前的某个黄昏，
仿佛见到她正飘然地款款移步
缘着已经化作无法计数的地球尘埃的
石砌的巍峨庙堂的台阶缓缓走下，
仿佛见到她正在悉心地解读着

另一方天空的星辰组成的莫测文字，
仿佛见到她正在英格兰赏嗅着玫瑰。
她显形于每一处有乐声回荡的地方，
在蔚蓝的天空，在希腊人的诗中，
在我们那困扰着她的孤寂里面，
在如同镜子一般的清泉底部，
在时光的碑上，在利剑的锋刃，
在那凭以眺望晚霞与花园的
平台的谐和恬静的幽深气息里。
而在那诸多的神话与脸谱背后，
潜藏着的是一颗孤独的心。

一九七〇年十一月三日，布宜诺斯艾利斯

致约翰·济慈
（1795—1821）

就像人人都有过幸运和灾殃，
从生命的初始直至英年夭亡，
那震撼人心的至善至美
就一直潜伏在你的周遭身旁。
那美伴随着伦敦的晨曦朝霞，
显现在神话辞典的页面字行，
见于平凡的赠品、普通的音容，
出自芳妮·布劳恩[1]芳唇的馨香。
孜孜不倦、激情满怀的济慈啊，
岁月的流逝在掩没你的光辉，

匆匆而去的诗人啊，高贵的夜莺
和希腊的神坛将使你盛名永垂。
你是熊熊烈焰。你是伟大光荣。
你没有变成可怕记忆中的死灰。

---

1 Fanny Brawne（1800—1865），济慈的恋人。

阿隆索·吉哈诺的梦

他懵懵懂懂地一惊而醒，
出离了刀光和旷野的梦境；
他抬起手来摸了摸下巴，
不知道是否受伤或死于非命。
在月下发过毒誓的巫师们
是否还会继续紧逼不肯放松？
一切都是虚幻。只有些微寒意。
只有一点儿风烛残年的病痛。
他不过是塞万提斯的梦中产物。
堂吉诃德又是他在做着的梦。
连环的梦境使他们犯起了糊涂，

很久以前的事情此刻又在发生。

吉哈诺睡在床上梦见了一场战斗：

勒班陀波涛汹涌、火炮声隆。

致一位恺撒

夜幕为幽灵和蛆虫营造了
骚扰死者的合宜时机，
你的占卜官们徒然地
将开阔的星空划分成为区域。
他们连夜翻检了死牛的脏腑，
却未能得到任何启迪；
今晨的阳光白白地
让卫士的宝剑发出寒气。
你的咽喉正在宫中
惊惧地等待着匕首斫击。
你的号角所及的帝国疆土

已经感到灾殃和战火的紧逼。

你的山岭的巨大恐怖

惊扰了那金装黑纹的老虎。

瞎　　子

致马里亚娜·格罗多纳

一

他已经被逐出了斑斓的世界：
人们的面孔还是从前的模样，
附近的街道变得遥远朦胧，
昔日的深邃苍穹也不再辉煌。
书籍也只是记忆中的样子，
而记忆又是忘却的一种形式，
保留的只是外形不是内容，

至多不过是简简单单的标题。
地面上到处都是坎坷的陷阱，
每一步都可能踏空失足。
时光不再有晨昏的区别，
我成了似睡似醒的迟缓囚徒。
长夜漫漫。孤苦伶仃。
我当用诗营造自己乏味的疆土。

二

自从在那葡萄葱郁、雨水丰盈的
九九年我来到这人世间，
记忆中倏忽而逝的细琐岁月，
渐次从我的眼底摸去了尘世的外观。
日夜的交替流转磨蚀了
人们的身影和亲友的容颜；
我那枯竭了的眼睛枉然地
搜寻着看不见的书架、看不见的报刊。

蓝和红如今变得一样的迷离，
成为了两个完全没用的字眼。
眼前的镜子只是一片灰蒙。在花园里，
我只能嗅到黑暗中的黑色玫瑰的香甜，
朋友们啊，如今一切物体全都模糊浑黄，
我所能够见到的不过是连绵的梦魇。

关于他的失明*

我已无缘再见隐隐现现的繁星，
无缘再见掠过如今神秘莫测的蓝天的飞鸟，
无缘再见别人用字母
编排组合起来的文章书报，
无缘再见我那浑浊的眼睛
分辨不出轮廓的庄重大理石墙壁，
无缘再见隐去形体的玫瑰，
无缘再见悄无声息的赤金和艳红的绚丽；
然而，《一千零一夜》仍在为我的长夜里
展示着大海的壮阔和朝霞的灿烂，
我依然能够听到诗人沃尔特·惠特曼

在把月光下的生灵咏赞，

我还没有失去忘却的纯洁天赋，

我虽然并不祈求但却期待着爱侣相伴。

---

* 标题原文为英文。

寻　觅

在历经了三代之后，
我回到了属于自己的先辈
阿塞韦多家族的田园。
在这方方正正的白色旧屋里，
在旧屋的两条回廊的阴凉下，
在不断伸长的柱影间，
在时起时伏的鸟鸣声中，
在倾落屋顶的雨帘上，
在模糊不清的镜子前，
在曾经属于他们而如今
不知不觉地变成我的身影、声响里面
我茫然地寻觅着他们的踪迹渊源。

我观察过那阻挡住了

来自沙漠的攻击矛头的铁栅，

观察过那被雷电劈开了的棕榈、

阿伯丁[1]种的黑色公牛、黄昏的景色、

他们从未见过的麻黄树。

这里曾经有过剑光和凶险，

有过严酷的禁令、壮举义行；

拥有千顷土地的庄园主们

曾经威武地从马背上

统治过这片无边无际的田野。

佩德罗·帕斯夸尔、米格尔、胡达斯·塔德奥……

谁能告诉我：在那一夜的屋顶下，

越过岁月和尘埃的阻隔，

突破记忆的封堵，

我在梦中，他们在阴间，

我们可曾神秘地相聚融合？

1　英国苏格兰东北部海滨城市。

失去了的

我的生活，本该幸福却未能幸福的生活，
或者，本该挥剑执盾却未能挥剑执盾
另创一番轰轰烈烈的悲壮事业的生活，
如今留下来的到底都有些什么？
我的那些已经没有踪迹可觅了的
波斯或挪威籍祖辈又都在什么地方？
让自己不变成瞎子的机缘、船锚和大海、
忘掉自己是什么人的可能该到哪儿去寻找？
按照文学作品的一向说法，
纯净的夜晚总是将没有文采的辛劳白昼
交托给冥顽的农夫，

可是，现在是否还存在有这样的夜晚？
我也思念那曾经等待过我、
也许还在等待着我的女伴。

坟　　地*

某条街上有一扇坚固的大门，
门铃赫然醒目、门牌清清真真，
有着一种失去了的乐园的样子，
然而，傍晚时分却对我禁闭幽深。
在一天的操劳结束之后，
多么渴望能有一个我期待的声音
在日暮的昏暗和温馨夜色的
宁静之中等待着我的降临。
事实并非如此。我的命运已经注定：
时光虚缈，记忆杂乱不清，
对文学超出了情理的痴迷，

到头来难免一死，不愿也不行。

我只希望得到那块石碑。我只希望

镌下两个抽象的日期和被人遗忘。

---

* 标题原文为英文 H.O.（Head Office的缩写，意为“总部”），此处当为借用。

《一个医生的宗教信仰》，一六四三年 *

保佑我吧，主啊。（这个称呼
并没有特别的指谓，只不过是
我于黄昏时分的惶惑之中
勉强写出的这篇习作里的普通名词。）
保佑我能够战胜自己。蒙田、布朗
和不知哪个西班牙人都曾这样祈请。
我的这双已经失去光明的眼睛里面
还保留着些许曾经见过的美景。
保佑我吧，主啊，让我能够战胜
化作石碑、被人遗忘的强烈欲望，

保佑我，让我不再是原来的我、
不再拥有那已经无可挽回的举止模样。
不是要你保佑我抵御利剑或带血的矛尖，
只求你别让我再受希望的诱骗。

---

* 标题原文为拉丁文。《一个医生的宗教信仰》是英国医生、作家托马斯·布朗（Thomas Browne，1605—1682）的日记体沉思录，主要谈论上帝、自然和人的奥秘，作者自称是“针对自己的私下练习”，1643 年正式出版后在英国引起轰动，其拉丁文译本很快在欧洲流传开来，随后还被译成荷兰文和法文。

一九七一年

两个人到月球上周游了一番。
随后还会有人步其后尘。
对他们那真而似假的幸运经历，
语言和艺术的狂想与杜撰可能描述？
那些惠特曼的子孙怀着巨大的恐惧
和冒险的惊喜踏上了月亮的荒原，
早在亚当出世之前，那个圣洁的星体
就已经在运行而且一直未曾停息。
恩底弥翁[1]在其山林中的恋情、
半鹰半马怪、我一向信以为真的
威尔斯[2]那奇妙的球面都得到了证实。

这个不凡的业绩为人类所共有，
在当今的世界上，没有一个人
不更为勇敢和更加幸福。
那些神奇的朋友们实现了一个壮举，
仅仅是这一个简简单单的事实
就已经让亘古不变的时日焕发生机。
天上那被人们满怀着未偿的愿望
苦苦瞩望的永恒而唯一的月亮
将成为纪念他们的伟业的丰碑。

---

1 Endymion，希腊神话中月亮女神塞勒涅迷恋的俊美牧羊青年。
2 Herbert George Wells（1866—1946），英国作家，写过登月的科幻小说。

咏　物

落在了书架的里面、

被别的书籍遮掩、

无声的尘埃夜以继日地

将之沉埋的书籍。

英吉利的海域封存于

漆黑而柔软的渊底的西顿[1]船锚。

空荡的房间里

那照不出任何人影的镜子。

我们随时随地

修剪下来的指甲碎屑。

莎士比亚幻化成的莫解灰尘。

云彩的聚散变化。
孩子们的万花筒中
暗藏的镜片偶然合成的
转瞬即逝的谐和图案。
亘古第一舟阿尔戈号的船桨。
慵懒而无情的浪涛
冲刷掉的沙滩脚印。
夜深人静之时
灯光熄灭后
透纳[2]的作品的斑斓色彩。
精细的世界地图的背面。
金字塔里羽纱般的蛛网。
冷漠的岩石和好奇的手。
黎明前做起的、天亮时
又忘却了的梦境。
如今只剩下尚未被悠悠岁月

1 黎巴嫩地中海边的古城。
2 Joseph Mallord William Turner（1775—1851），英国浪漫主义风景画大师。

蚀损的些许千古诗句的
芬斯堡英雄业绩[1]的始末。
印在吸墨纸上的反向字母。
潜在塘底的乌龟。
不可能存在的物体。独角兽的
另外一只角。三合一的灵性。
三角的圆盘。伊利亚人[2]的
悬滞于空中的箭矢
得以射中目标的那一捉不住的瞬间。
贝克凯尔[3]诗中的鲜花。
时光阻遏了的钟摆。
奥丁[4]钉到树上的钢钎。

---

1 《贝奥武甫》中描绘的战役。

2 指古希腊伊利亚学派的芝诺(Zeno of Elea,约前490—约前430),他提出过"飞矢不动"的悖论。

3 Gustavo Adolfo Bécquer (1836—1870),西班牙浪漫主义后期的诗人、散文作家。

4 Odin,北欧神话中的主神。从远古时起,奥丁就是战神,又是大魔法师、英雄的保护神。其形象是美髯飘逸的独目老人,据说,另一只眼睛被他用以换取了智慧。

切口没有裁开的页面上的文字。
以某种永恒的方式
轰鸣不止并成为天机组成部分的
胡宁之战的马蹄的回声。
萨缅托留在人行道上的影子。
牧人在山野听到的呼唤。
沙漠里的白骨。
射杀了弗朗西斯科·博尔赫斯的子弹。
壁毯的背后。除了贝克莱的上帝
没有任何人看得见的物体。

威　　胁

爱情来了。我必须躲避或者逃跑。

爱情牢狱的围墙在增高，就像是在噩梦中一般。那美丽的面具变了花样，但是万变不离其宗。写诗著文，模棱的渊博，学习剽悍的北方民族用以讴歌大海和武功的词语，沉稳的友情，图书馆里的一排排书架，日常的用物，各种生活习惯，恒久的母爱，前辈的军人风采，没有尽时的长夜，梦里的感觉，所有这一切护身法宝能对我有什么用处？

与你结伴还是不与你结伴，这是我生命的关键抉择。

瓦罐已经在井台上磕破，人已经随着鸟叫离开了被窝，扒着窗口偷望的人们已经隐去了身影，然而，伴随着黑暗而来的却并不就是平静。

爱情来了，我已经知道了：听到你的声音时，我感受到了那份激动与轻松、期待与回忆以及对接踵而来的事情的恐惧。

这就是充满着神话、充满着小小的无益魅力的爱情。

有一个我不敢涉足的角落。

我已经陷入了千军万马、乌合暴民的重重的包围之中。

(这个房间是一个虚幻的空间，她并没有发现。)

一个女人的名字让我无法隐藏。

一个女人使我浑身疼痛。

普洛透斯

奥德修斯率领着的众多船工
还没有将酒色的大海荡平，
我在猜测着名叫普洛透斯的老人
所能幻化的种种捉摸不定的身形。
他放牧着海洋中的生灵种群，
拥有着预知未来的奇特功能；
他极力隐匿着自己知道的天机，
编造出荒诞的神谕混淆视听。
不堪忍受人们的追逼和烦扰，
他于是就变成狮子或烈火熊熊，
有时也会佯装岸边遮阳的大树

或者化为一颗水珠融入水中。

你啊，既是自己又是别的许多人，

不必为埃及的普洛透斯感到吃惊。

再谈普洛透斯

他是以海兽为身形的神明，

玄秘的沙滩是他的住处，

对偏爱昨天和往事的记忆，

他生而无缘，不知为何物。

普洛透斯另有一番苦衷，

而且还是相当的伤神，

他能够预知未来的事情：

永闭的门、特洛伊人和亚该亚人[1]。

一旦被人发现并且遭到困扰，

他就幻化成为狂风或者火堆，

有时也会变作金虎或者花豹，

甚而至于以水的形式藏匿于水。

你同他有着许多相似的地方：

昨天已逝、明日难测。然而，应当……

1 古希腊人的统称。

雅努斯胸像的独白

人们在或开或关一扇门的时候，
无不想起守门的双面神明。
我的目光直抵茫茫汪洋的边际，
也包容着坚实大地的险域佳境。
我的两张面孔凝注着过去与未来。
我阅尽了一成不变的干戈纷争，
更有那有人本该荡除却未能荡除
并且永远不可能荡除的祸殃不平。
我缺少的是两只应该有的手臂，
而且还是由岩石雕琢而成形。
我无法确切地知道眼前的景象

属于将来还是很久以前就已发生。
我看到了自己的无奈：残断的躯体
和两张永远都无缘相见的面孔。

高 乔 人

他生长在大草原的某个角落，
那草原开阔、原始、几乎莫测，
黑脖子公牛虽然刚猛强健，
却逃不脱他手中紧拉着的套索。

他曾同印第安人和哥特佬[1]厮杀抗争，
他曾在赌博场上丧命流血，
他曾为并不知道的祖国献身牺牲，
就这样渐渐地、渐渐地失去了一切。

他如今变成了岁月和大地的尘埃，

没有留下姓氏，名声却没有被忘记。
他有过各种迥然不同的身份，
如今只有文学作品还在不断提及。

他曾是逃犯、军士和匪徒，
他曾穿越过崇山和危崖，
他追随过乌尔基萨和里韦拉[2]，
不加分别。是他杀了拉普里达。

上帝总是躲在离他们很远的地方，
他们信奉的从来都是武器和勇敢，
这古老的信念不讲究宽容和报答，
为了这信念，赴死夺命只在一瞬间。

在那飘泊无定的军旅生涯之中，

1 南美洲独立战争期间对西班牙殖民者的蔑称。
2 José Fructuoso Rivera y Toscana（1784—1854），乌拉圭军人、政治活动家，先后于 1830—1834 年、1838—1843 年及 1853—1854 年三次任总统。

他为捍卫旗帜的颜色而献出生命，
然而，他却未曾有过任何希求，
哪怕是那如同空话和灰烬的虚名。

他本来就平庸无奇，蜗居陋室，
在永恒的幽暗中做梦、品茶，
一直到那遥远的东方天际
显现出大漠黎明时分的彩霞。

他从来都未曾说过：我是高乔人。
他注定不会去想象别人的乐与苦。
在临终的时刻，同我们一样，
也是那么无知，也是那么孤独。

黑　　豹

在那无比坚固的铁栅后面，
豹子将一遍遍地往来逡巡，
这被囚禁的不幸黑色珍宝
并不知道那就是自己的命运。
现有和将有的同类成千上万，
唯有它的境遇最为悲惨，
它只能在自己的洞穴里
反复勾画一个长生的阿喀琉斯
在阿喀琉斯的梦里画出的直线。
它不知道还有草原和大山，
不知道马鹿那颤动着的脏腑

能够消解自己的饥渴烈焰。

世界再斑斓也是徒然无用。

每个生灵的祸福早就已经注定。

你

在这人世间，只诞生过一个人，只死过了一个人。

说别的纯属统计数字，实在多余。

就像是汇集雨水的气味和前天夜里你的梦境一样没有意义。

那个人就是尤利西斯、亚伯、该隐、那布下星斗的始祖、那修建第一座金字塔的人、《易经》卦象的记录者、在亨吉斯特[1]的剑上用北欧古字母镌下铭文的铁匠、弓箭手埃伊纳尔·坦巴尔斯克尔维尔[2]、路易斯·德·莱昂、孕育出了塞缪尔·约翰逊的书商[3]、伏尔泰的园丁、站在比格尔号船头的达尔文、毒气室里的一个犹太人，以及，还活着的你和我。

只有一个人死在了伊利昂[4]、梅陶罗河、黑斯廷斯[5]、奥斯特利茨[6]、特拉法尔加、葛底斯堡[7]。

只有一个人死在了医院、船上、荒山僻野、弥漫着温馨和爱情的卧室。

只有一个人看见了辽远的曙色。

只有一个人嘴里体验到了水的清凉、果味和肉香。

我讲的是那独一无二的人，讲的是我自己，讲的是永远都生活在孤独中的人。

诺曼，俄克拉何马

---

1 Hengist，相传为公元5世纪第一批迁入不列颠的盎格鲁-撒克逊人的领袖。据称他最初到不列颠是为了协助国王与皮克特人作战（446—454）。

2 冰岛诗人、史学家斯图鲁松（Snorri Sturluson，约1178—1241）所著《挪威王列传》中的弓箭手。

3 英国诗人、评论家、散文作家塞缪尔·约翰逊（Samuel Johnson，1709—1784）的父亲是个书商。

4 古城特洛伊的别称。

5 英格兰城市，1066年诺曼底威廉公爵率诺曼人在此大败英格兰国王哈罗德，从而确立了统治地位。

6 摩拉维亚的村镇（现在捷克境内布尔诺附近），1805年拿破仑在此大败反法同盟的俄奥联军。

7 美国城市，南北战争期间，1863年北军在此大败南军，使战局发生转折。

量 之 歌

我在想着布满孤寂而迷茫的亮光的
清纯而又悄无声息的天空，
那爱默生可能曾经于无数个夜晚
站在康科德[1]的雪原寒风中瞩望过的天空。
这里的星辰过分地密集。
这里的人也过分地集中。
无数世代的飞鸟与昆虫、
满身都是花斑的豹子与毒蛇、
交错着盘绕缠结的树枝、
咖啡林、沙原和茵茵碧草
自古以来就统治着黎明的曙色

并织造起细密而无益的迷宫。
我们脚下踩死的每一只蚂蚁
也许都是上帝的唯一杰作，
都是上帝为执行其制约神奇世界
所必需的精确法规的组成部分。
如果不是这样，整个宇宙
就将成为一个错误、变作一团混乱。
乌檀和积水那平展如镜的表面，
梦中那光怪陆离的奇妙幻境，
苔藓地衣，水里游鱼，石珊瑚，
时间长河中的龟阵鳖群，
仅存一个黄昏的萤火虫，
南美杉那庄严肃穆的王国，
夜色无法抹掉的书册上的
一行行规整的文字，
这一切，我分辨不清，但是，无疑不比我

---

1 美国马萨诸塞州城市，爱默生 1834 年以后的定居地。

更少个性、更少费解之处。

我不敢妄评麻风病和天狼星座。

一九七〇年，圣保罗

卫　兵

亮光照了进来，我蓦然清醒；他就在那儿。

他开口对我说出了自己的名字，那就是（已经可以想象）我的名字。

我重又变成为了奴隶，在这十年里，这种情况有过不下七次。

他将他的记忆强加给了我。

他将日常的琐事、做人的秉性强加给了我。

我成了他的老看护，他强迫我为他洗脚。

他透过镜子、桌面和店铺的玻璃窥视着我。

这个或那个女人拒绝过他，我应该分担他的痛苦。

此刻，他在向我口授着这首诗，而我却一点儿都不喜欢。

他要求我糊里糊涂地学习那难学的盎格鲁-撒克逊语。

他使我把一些死去了的军人当成崇拜的偶像，而我却连一句话也不可能跟他们交谈。

在最后一阶楼梯上，我感觉到了他就在我的身边。

他与我同行、和我同声。

我对他恨之入骨。

我高兴地发现他几乎已经双目失明。

我身处一间圆形的囚室，环状的墙壁越缩越紧。

我们互不欺骗对方，但是却又都在说谎。

我们之间相互了解得太深，形影不离的兄弟啊。

你在喝我杯中的水、在咬我手中的面包。

自戕者的大门正开着，不过，神学家们断言：我将在另一个王国的无边黑暗中等待着我自己。

致 德 语

我注定要使用卡斯蒂利亚的语言[1]，
弗朗西斯科·德·克维多的号角；
然而，在那悠缓流逝的夜色之中，
另一些更亲切的乐音在我心底回荡。
有的——啊，那莎士比亚和《圣经》的语言——
是我从先辈那里直接继承而来，
另一些则是慷慨的机遇的馈赠，
不过，你啊，甜美的德意志语言，
却是我独自的选择和刻意的追寻。
通过刻苦钻研和学习语法条文，
通过无穷无尽的词形变化，

通过永远都不能确切释义的词典，

我终于得以逐渐地接近了你。

我说过自己的夜晚全被维吉尔占据，

不过，我本来也完全可以说

将那些时光给了荷尔德林[2]和安杰勒斯[3]，

海涅让我听到了他至美的歌吟；

歌德向我展示了那尽管迟暮

但同时却又宽厚而恩爱的恋情；

凯勒[4]则描摹下了一只手放到

爱着自己的人的手中的玫瑰，

而那人已经死去，不会知道玫瑰是白是红。

你啊，德意志民族的语言，

你就是你自己的最为完美的杰作：

你是复合词语、开口元音

---

1 即西班牙语。

2 Johann Christian Friedrich Hölderlin（1770—1843），德国抒情诗人。

3 Angelus Silesius（1624—1677），原名约翰·谢弗勒（Johann Scheffler），波兰宗教诗人，曾任西里西亚厄尔斯公爵的侍从医生。

4 Gottfried Keller（1819—1890），瑞士德语作家。

和能够转述希腊人的雕琢诗句
以及你那森林中和夜幕下的声息的辅音
共同编织而成的可爱法宝。
我曾经拥有过你。如今，在这龙钟之年，
我觉得你像代数和月亮一样遥远。

致那忧伤的人

昔日的一切依然完好如故：
撒克逊人的利剑和战绩，
拉厄耳忒斯[1]的儿子
流放期间到过的海域和岛屿，
波斯人的金色月亮，
无数哲学和历史的园地，
记忆那阴森的金色光泽，
深夜里飘散着的素馨香气。
那一切全都失去了意义。
你默默地搜寻着的诗句、
你梦里的涛涌或如锦夜色中

忘却了黎明的星辰都救不了你。

你所关注的只是一个女人，

那女人与别人一样，却又迥异。

---

1 Laertes，希腊神话中的英雄奥德修斯的父亲。在他等待儿子归来期间，雅典娜神奇地使之返老还童。

大　　海

大海。年轻的大海。尤利西斯的
和被伊斯兰教的人们
以海上辛伯达的名字播扬四方的
那另一位尤利西斯的大海。
傲然伫立船头的红发埃里克[1]的
翻腾着灰色波涛的大海，
那位在果阿的沼泽里写诗
赞颂和哀悼祖国的绅士[2]的大海。
特拉法尔加的大海。英格兰
在漫长历史进程中讴歌过的大海，
那在日常的实战演习中

染上了光荣鲜血的大海。

在宁静的早晨冲刷着

无边沙滩的汹涌不息的大海。

---

1 Erik Thorvaldsson（约 950—10 03），俗称红发埃里克，挪威探险家，欧洲人在格陵兰的第一个居民点的创建者。

2 指葡萄牙诗人卡蒙斯（Luís de Camões，约 1524—1580）。

致匈牙利的第一位诗人

今日之日对你实在是过分遥远，
就连能透过闪烁的星辰和死牛的脏腑
把不可知的未来预测的占卜师
也都没有可能做出任何估计推算，
兄弟和幽灵啊，如今无需吹灰之力
我就能在百科辞书里找到你的名字，
知道哪些条河流曾经映照过
你如今踪迹尽失、化作了尘埃的容颜，
知道哪些君王、哪些偶像、哪些武士、
你那永恒的匈牙利的哪一道光辉
给了你唱出第一支歌的灵感。

漫漫的长夜和无边的大海、
多少个世纪的演化变迁、
不同的气候、国度和血缘将我们断隔，
然而，对语言的神秘痴情、
对韵律与意象的追索
却莫名地将我们紧密相连。
就好像是伊利亚的弓箭手，
在一个空寞的黄昏，我孤身独处，
任由思念这无谓的矢镞无限制地飞去，
飞向那茫茫的黑暗终极。
我的呼唤不可能企及的前辈啊，
你和我注定永远都不能相聚。
对于你，我甚至都算不上是一个回声；
对于我自己，我是一种渴望和奥秘、
是一个充满神奇与恐怖的岛屿，
也许每一个人都是这个样子，
就像在另一片星空下生活过的你。

人 之 初

我就像是混沌初开时的部落民，
躺在岩穴里属于自己的那个角落，
努力想要潜入梦境那浑浊的水中。
被乱箭射伤了的各种凶禽猛兽，
就好像是游移不定的幢幢鬼影，
使黑暗充满了令人悚然的气氛。
我在此之前已经得到了某种承诺，
也许是一个誓言的执行和实现，
也许是怨敌横死于山林旷野，
也许是情爱，也许是魔石一片。
我错过了时机。被无数世纪蚀损了的

记忆只记得那个夜晚及随后的清晨。
我满怀着焦虑与渴望。突然间，
我听到了兽群狂奔着穿过黎明时
发出的那连绵不绝的嘈杂喧嚣。
栎树枝挽成的弓、锋利无比的箭，
我都弃置未用，只是奔跑着去到了
岩穴尽头那洞开着的缺口旁边。
我终于见到了。好似一片烧红了的火炭，
无数的犄角高耸，脊背如同小山，
黑鬃飘散，怒瞪着的眼睛乌亮滚圆。
数目难计，不知道有几千几万。
那是野牛，我说道。我的嘴巴
从来都未曾提及过这个名字，
但却觉得它们只能属于这一族类。
在见到黎明时分的野牛之前，
我仿佛从来就未曾有过眼睛，
仿佛是个瞎子或者死人。
它们从晨曦中涌出。它们就是晨曦。

我不希望那像天上的星辰一般冷漠的，

由天铸的野性、冥顽和威猛

汇聚在一起形成的洪流

遭到任何人的阻截与亵渎。

它们将一只挡住去路的狗踏在了脚下，

即使是人，也会遭到同样的命运。

随后，我将会用赭石和朱砂

在岩穴的洞顶描绘出它们的影像。

它们是主宰牺牲和荣耀的神祇。

我可是没有提起阿尔塔米拉洞窟[1]的名字。

我的生与死有过许许多多的形式。

1 西班牙北部桑坦德市西的一处洞穴，以保留有优美的史前绘画与雕刻而闻名于世。洞窟内鲜艳的红、黑、紫三色壁画画的主要是野牛，形象逼真生动。

引　诱

基罗加将军自己走向了死亡，
他接受了杀手桑托斯·佩雷斯的邀请；
而在桑托斯·佩雷斯的背后，
潜藏着罗萨斯那只巴勒莫的蜘蛛。
作为最大的懦夫，罗萨斯非常清楚，
在所有的人当中，勇猛刚烈者
最多疏漏也最为脆弱。
胡安·法昆多·基罗加威猛无比，
以至缺少理智。这样的一个事实
足以激起罗萨斯的嫉恨。
他决心将之除掉。他反复思索犹疑，

终于找到了理想的武器：
那就是利用他对冒险的渴求与向往。
基罗加要出发去北方。几乎就在他登船的时候，
罗萨斯亲自对他发出了警告：
到处都在传说，洛佩斯正在策划
将他置于死地。他还好言劝说：
没有卫队，切不可贸然登程。
他还自告奋勇，愿意为他提供保护。
法昆多微微一笑。他不需要保镖。
他自己足以应付。于是，战船吱嘎地
逐渐将一处处村寨抛到了身后。
连绵的暴雨、浓雾、污泥、潮水
为航行增添了诸多艰辛麻烦。
他们终于望见了科尔多瓦城。
那里的人们把他们当成是幽灵显现。
人们以为他们早就已经离开了人间。
前一天晚上，整个科尔多瓦全都看到
桑托斯·佩雷斯在分发刀剑。

那队骑兵共有三十条山里的壮汉。
萨缅托后来写道：从未见过
这么明目张胆地策划一桩罪行。
胡安·法昆多·基罗加面不改色。
他继续北进。在圣地亚哥—德尔埃斯特罗，
他纵情于豪赌与心爱的冒险。
从黄昏到曙光初现的期间，
他或输或赢成百上千的金元。
风声越来越紧。他突然决定返航
并且立即下达了行动的命令。
在那荒无人烟的旷野山林，
他们重新踏上了险恶的征程。
在一个叫作水眼的地方，
客栈老板提醒他注意：
奉命杀他的那队人马
刚刚打那儿经过，
此刻正在什么地方等着。
一个都不能放走，这就是命令。

队长桑托斯·佩雷斯这么说。
法昆多丝毫没有惊慌退缩。
敢于加害于基罗加的人
还没有出生，他的回答掷地有声。
随行的人们面色苍白、沉默无言。
夜幕突然降临，只有那位
对自己冥冥中的神明深信不疑的
事主和强者没有失眠。天亮了。
他们不可能再次见到熹微的晨光。
这个已经被一再讲过的故事
到底有了个什么样的结局？
战船重又朝着雅科谷的方向驶去。

一八九一年

几乎没等我看清，他就已经消失。
笔挺的黑色衣服非常得体，
窄窄的额头和稀疏的胡须，
脖子上系着根普通的宽领带，
他走在黄昏时分的人群之中，
仿佛心事重重、旁若无人。
在彼德拉斯大街[1]的角上，
他要了杯巴西蔗酒。一切如常。
有人同他道别。他未做回应。
他眼睛里闪耀着积淀的仇恨。
他又走过了一个街区，一曲民谣

飘出一座院落飞进他的耳朵。

那类吉他曲调总是让人心烦意躁，

他却跟着那节奏摇头晃脑，自己还不知道。

他抬起手来举到胸前，摸了摸

藏在背心下面的锋利匕首。

他要去讨还一笔陈债。很快就会结清。

他又走了几步，随即就戛然止步。

他看到门洞里有一朵刺蓟花。

他听见水桶落入池塘的响动、

听见一个熟得不能再熟的声音。

他推了一下那本来就开着的门，

仿佛人家已经在等待着他的光临。

今天夜里，他也许就会变成鬼魂。

---

1 布宜诺斯艾利斯市东南街名。

一九二九年

从前，太阳早早地就会照到
那对着最后一进天井的房间；
如今，旁边的高楼遮住了光线，
然而，在朦胧的黑暗中，
卑微的房客从天一亮就已经睡醒。
他小心翼翼地不出任何声响，
默默地喝茶、静静地等待，
不想惊扰隔壁屋子里的人。
又一个无所事事的日子，与往常一样。
胃里还是那平日的溃疡灼痛。
我的生活里不会再有女人了，他想。

朋友们令他生厌。自己肯定
也不讨别人喜欢，这是他的推测。
他们谈论弓箭手、绘画之类他不懂的事情。
他没有留意时间，不慌不忙地
站了起来，故意磨磨蹭蹭地刮了脸。
总得想法儿消磨光阴。
镜子里映出来的脸上
仍然保留着他从前的镇定。
我们比自己的容貌老得还快，
他想，可是，那眼角、那变成
灰色的胡须、那嘴巴仍然如故。
他拿起帽子，走出房间。在门厅里，
他看到了一张打开着的报纸。
他浏览了大字标题：
几乎只是听到过名字的国家里的内阁危机。
接着，他注意到了前一天的日期。
他松了一口气，没有必要再读下去。
外面，晨曦重又唤起了

他对有个新的开始的一贯期望，
重又送来了商贩叫卖的声浪。
他本来就无所用心，不过是茫然地
走街串巷，企图在人流中消匿。
他欣然地望着一幢幢新起的楼宇，
某种东西，也许是南风，令他欢畅。
他穿过如今改为科尔多瓦的里韦拉大街，
已经不再记得，很多年前，他对那里
曾经尽量趋避。他又走了两三个街区。
他认出了一溜长长的栅栏、
铁铸阳台的圆形围杆、
栽满碎玻璃碴子的矮墙。
仅此而已。一切全都事过境迁。
他在道牙子上绊了一下，差点儿跌倒。
孩子们发出了哄笑。他没去理睬。
此刻，他有意地放慢了脚步。
他突然停了下来。发生了什么事情。
如今变成为冷饮店的地方，

从前可是一家叫作菲古拉的商场。
(时间几乎过了半个世纪。)
就在那儿，一个从未见过面的滑头
把牌摸到十五点[1]，赢得他非常之惨。
他怀疑那家伙做了手脚。
他不想多费唇舌，只是干巴巴地说道：
我如数照付，分文不少，
不过，然后咱们到街上去见个分晓。
那人欣然地接受了挑战：
赌技不行，刀法未必就好。
天上没有一颗星星。贝纳维德斯
递过去了自己的腰刀。格斗非常激烈。
在他的记忆中，不过是短短的一瞬，
只见凝滞的刀光一闪，接着就是一阵混乱，
对手带着长长的致命刀伤倒在地上。
为防有变，随后他又补了一刀。

1　一种牌戏。

他听到了人倒刀落的声响。
直到这时，他才感到自己的手腕受伤
并且还看见了血在流淌。
直到这时，他才从嗓子眼里
骂出了一句粗话，尽情发泄出了
心底的狂喜、愤怒与惊慌。
那么多年了，他终于找回
作为男子汉、作为勇者的幸福，
或者，至少是，在逝去了的岁月里，
曾经有过一回的那种感觉。

诺　言

那是在普林格莱斯大街，伊西德罗·洛萨诺大夫给我讲了这个故事。他讲得非常简洁，我知道他以前曾经讲过，而且，看得出来，还是讲过了许多次，增加或者改动任何一个细节都会严重破坏叙述的谐和。

“事情就发生在这儿，时间大约是在一九二几年。我刚刚从布宜诺斯艾利斯学成归来。一天夜里，医院派人来叫我。我很不情愿地从床上爬了起来穿好了衣服，然后穿过空无一人的广场。在值班室里，欧德罗·里韦拉大夫对我说，委员会的一个坏蛋克莱门特·加雷，肚子上挨了一刀。我们为他做了检查。现在我已经见怪不怪了，可是，那会儿，看到一个人肠子翻在外面还真有点儿心里发颤。那人紧闭着双眼、呼吸艰难。里韦拉大夫对我说道：

“‘我说，年轻的同事，已经无能为力了。就让这个混蛋去等死吧。’

“我回答他说，既然半夜两点多钟把我叫了来，我就要尽力抢救。里韦拉耸了耸肩膀。我把肠子洗净放回了腹腔，然后缝合了伤口。那家伙连哼都没有哼一声。

“第二天我去看他。那人没死。他看了看我，握住我的手，对我说道：

“‘对您，由衷感谢；对里韦拉，照价付钱。’

“从那以后，我每年过生日的时候都会收到一只羊羔。大概是从四十岁起吧，就再也没有收到那份礼物了。”

惊人之举

莫隆的一位村民对我讲述了这件事情：

“谁都不太清楚莫里坦和帕尔多·里瓦罗拉怎么结下了仇，而且那仇还深得不得了。他们俩都属于保守党，我觉得，他们之间的交往是在委员会里开始的。对莫里坦，我已经完全不记得了，因为，他死的时候，我年纪还很小。据说，他祖籍是恩特雷里奥斯省。帕尔多比他多活了许多年。此人不是什么头面人物，甚至连个边儿也沾不上，但却有着那么一种架势。他个头不高，颇为敦实，衣着非常考究。两个人哪个都不是省油的灯，不过，里瓦罗拉更有心计，后来发生的事情确实也证明了这一点。他早就对莫里坦恨之入骨，只是表现得极为谨慎。在这一点上，我倒是赞成。杀人要坐牢，那么干可就太蠢了。帕尔多对自己的计划做了十分周密的安排。

“那是一个星期天的下午七点钟。广场上有很多人。里瓦罗拉像平时一样，悠然地混迹于人流之中。他穿着一身黑色的衣服，上装领口的扣眼里还插着一枝康乃馨。他由侄女陪着。突然，他蹲到地上，两只胳膊像翅膀似的上下扇动，嘴里还学起了鸡叫。人们惊讶地为他闪出了地方。一位有头有脸的人物竟然会变成了这副模样，而且是在整个莫隆的众目睽睽之下，在一个星期天里！他就这样一直扇动着胳膊、咯咯地叫着行进了半个街区，然后一转身朝莫里坦的家拐了过去。他推开铁门，纵身一跃闯到了院子当中。街上挤满了人。莫里坦闻声走了出来。他一看到死对头正朝自己扑了过来，就想退回到屋子里去，可是，一颗子弹打中了他，紧接着又挨了一枪。两名警察架走了里瓦罗拉。他死命地挣扎着，却没有停止学鸡叫。

“一个月之后，他被放了出来。法医说他突然精神失常。村里的人不是全都看见他的样子就跟鸡一模一样了吗？”

四个时代

一共是四个故事。第一个，也是最古老的故事，讲的是一座一些勇敢的人进攻和保卫着的坚固城池。保卫者们知道那座城市必将遭到兵燹的劫难，而他们的奋战于事无补；而攻方的名将阿喀琉斯也明白自己注定要在胜利之前死去。岁月的流逝逐渐为这个故事增加了神奇的色彩。据说，千军万马为之丧生的特洛伊的海伦是一朵美丽的云彩、一个影子；据说，希腊人借以藏身的空腹大木马也是纯属子虚乌有。荷马说不定并不是头一个讲述这一故事的人。我记得有人在十四世纪留下了这么一句诗：The borgh brittened and brent to brondes and askes[1]。但丁·加布里埃尔·罗塞蒂[2]可能会认为特洛伊的命运早在帕里斯[3]爱上海伦的那一瞬间就已经决定了，而叶芝[4]

却可能把时间确定在丽达[5]同神化成的天鹅拥抱在一起的那一刹那。

另一个同第一个有关，是一个关于回归的故事。那是尤利西斯在险象环生的大海和邪祟遍地的岛屿漂泊、滞留了十年之久以后回到自己的祖国伊萨卡的故事，是北方诸神看到被毁了的家园重又从大海中再现苍翠与光艳并且找到了丢失在草地上的、从前玩过的象棋棋子的故事。

第三个是关于追求的故事。在这个故事里面，我们可以看到旧有形体的变异。伊阿宋和金羊毛；波斯人那三十只穿越高山和大海并看到了它们的上帝西摩格[6]的飞鸟，其实那上

---

1 这句英文诗的意思是“城堡破碎并化作了大火与灰烬”，引自优秀的头韵体诗《高文爵士和绿衣骑士》(*Sir Gawain and the Green Knight*)。这首诗收在撒克逊语古乐府中。——原注

2 Dante Gabriel Rossetti（1828—1882），英国诗人、画家。

3 Paris，希腊神话中特洛伊的王子。在他出生之前，他母亲曾梦见自己生下了一个火炬，这火炬点燃了特洛伊城，所以他在出生后被丢弃在山上，由一只母熊奶大。长大成人后，他身材俊美、膂力过人，后来因为诱拐海伦而引发了特洛伊战争。

4 叶芝作有名诗《丽达与天鹅》。

5 Leda，希腊神话中的海中仙女，斯巴达王廷达瑞俄斯的妻子。一天，在她洗澡的时候，宙斯变作天鹅投入她怀中。她随后产下两只蛋，从其中的一只里面生出了海伦。

6 Simurgh，传说中栖居于沙特阿拉伯的卡夫山中的大鹏。

帝就是它们自己和它们全体。从前，凡事都会有一个完满的结局。有人终于偷得了金苹果树的禁果[1]，有人终于夺走了格里亚尔杯[2]。如今，任何追求都将注定要以失败而告终。埃哈伯船长[3]找到了鲸鱼，但是那鲸鱼却使他死于非命；詹姆斯[4]和卡夫卡笔下的英雄们所期望的也只能是失败而已。我们的勇气和信心少得可怜，所谓的完满结局[5]只不过是人为的设计罢了。我们不能指望天堂，但是却可以相信地狱。

最后一个是关于神灵牺牲的故事。弗里吉亚的阿提斯[6]自残自戕；献祭给奥丁的奥丁，自己献祭给自己，在树上挂了整整九夜，而且还身带矛伤；基督被罗马人自己钉上了十字架。

一共是四个故事。我们在有生之年还将继续讲述这些故事，不过会经过改动。

---

1 希腊神话中黄昏三女神赫斯珀里得斯的果园里由毒龙守护着的金苹果树的果实，希腊英雄赫拉克勒斯在巨人阿特拉斯的帮助下将之窃走。

2 耶稣最后的晚餐中用过的酒杯。

3 美国作家梅尔维尔（Herman Melville，1819—1891）的长篇小说《白鲸》中的捕鲸船船长。

4 指美国小说家亨利·詹姆斯（Henry James，1843—1916）。

5 原文为英文。

6 Attis，源自古代小亚细亚弗里吉亚地区众神之母赛比利（又译库柏勒）的配偶，后来传至罗马帝国，主司草木，以自戕又复生象征草木的枯荣。

佩德罗·恩里克斯·乌雷尼亚的梦

佩德罗·恩里克斯·乌雷尼亚于一九四六年的某一天黎明时分所做的梦，奇怪得很，没有影像，只有慢条斯理的讲话声。那声音不是他的，但却很像他的。在那时间很短的梦中，尽管话题有些哀戚，语气倒是冷漠而平淡。不过，他知道自己睡在卧室里、妻子就在身边。黑暗中，那梦对他说道：

“大约是在几天前的夜里，在科尔多瓦大街的一个角落，你曾经同博尔赫斯讨论过塞维利亚无名氏的呼唤：啊，死神，你悄悄地来吧，你总是驾着飞矢悄然而至。你们怀疑那是对某一句拉丁文的刻意模仿，因为那类抄袭符合某个时代的习俗，而在那个时代里，完全不存在我们现有的那种经济考虑大于文学目的的剽窃观念。你们未曾怀疑、也不可能怀疑的是那句话的预言意味。再过几个小时，你将匆匆地赶往宪法广场火车站的最后一个月台，到拉普拉塔大学去讲课。你登上火车，将皮包放到行李架上，然后拣个靠着窗口的座位坐了下去。有人会同你搭讪。我不知道那人叫什么名字，但却看到了他的模样。你没有理睬他，因为你已经死了。你已经像平时一样同妻子和女儿道过别了。你将不会记得这个梦，因为，为了让事情成真，你必须忘掉一切。

宫　　殿

那宫殿之大并非没有止境。

院墙、空地、花园、迷宫、台阶、坛圃、栏杆、门洞、巷道、庭园、方院、回廊、路口、水塘、前厅、后堂、卧室、书房、阁楼、监牢、囚笼和坟场，虽然多得如同恒河的沙粒，那数字终究会有一个极限。以楼宇为界，向西铺开的是铁器营、木工坊、牲口棚、造船厂和奴隶房。

任何人都只能涉足那座宫殿的一个极小的部分。有人甚至只到过地下的厅堂。我们可能见到过某些面孔、听到某些声音和话语，但是，我们所能接触的极其有限。有限却又美好。在石碑上镌下、在生死簿上登记日期则是我们死后的事情；一旦死了，议论也好、欲望也好、名声也好，全都与我们无关。我知道自己还没有死呐。

亨吉斯特需要人手
（公元四四九年）

亨吉斯特需要人手。

人们将会从海角天涯、从烟雾弥漫的茅舍、从穷乡僻壤、从虎狼出没凶险无比的密林深处蜂拥而至。

农夫将会放下犁杖，渔民将会丢弃鱼网。

他们将会抛妻弃子，因为男人知道自己在任何地方夜里都可以找到女人、都可以生儿育女。

雇佣兵亨吉斯特需要人手。

他需要人手去开发那个还不叫英吉利的岛屿。

追随他的人必须顺从而又残忍。

他们知道他在男人的事业上总是奋勇当先。

他们知道他有一次忘记了应该报仇、人们给了他一把出鞘的剑、那把剑做了他该做的事情。

他们将用桨划着没有罗盘、没有桅杆的船穿越大海。

他们将随身带着剑和盾、野猪状的头盔、让庄稼繁育的法术、朦胧的宇宙观念、关于匈奴人和哥特人的传说。

他们将夺地封疆，但却绝对不会进入罗马人丢下的城市，因为，对他们那蛮族的头脑来说，城市未免过于复杂。

亨吉斯特需要他们冲锋陷阵、烧杀抢掠、腐化堕落和被人遗忘。

亨吉斯特需要他们（他自己并不知道）缔造最强大的帝国、让莎士比亚和惠特曼放声高歌、让纳尔逊[1]的舰队辖制大海、让亚当和夏娃手牵着手默默地离开他们丢失了的乐园。

亨吉斯特需要他们（他自己并不知道）让我能写下这些文字。

---

1 Horatio Nelson（1758—1805），英国海军统帅。1805年10月，他指挥英国舰队在特拉法尔加大败法国和西班牙海军，巩固了英国在海上的霸权地位。

仇人轶事

逃避和等待了那么多年之后，这一次仇人终于来到了我的家里。我从窗口看到他艰难地顺着崎岖的山路攀缘而上。他拄着拐杖。在他的手里，那笨重的拐杖只能是根棍子，而不可能变成武器。我勉强地听到了期待中的微弱敲门声。我不无留恋地看了看自己的手稿、写了一半的文章和尽管不懂希腊文却破例放在手头的那本阿尔米多鲁斯[1]关于梦的著作。这一天又算白搭了，我想。我手忙脚乱地用钥匙开了门。我深怕他会跌倒，可是他却摇摇晃晃地走了几步，接着丢掉了手杖（那手杖立即消失得无影无踪），最后竟跌跌撞撞地倒在了我的床上。我曾经多次忧心忡忡地想象过他的模样，但是，只是到了那会儿才注意到他的样子很像林肯晚年的画像，就跟亲兄弟一样。当时大约是下午四点来钟。

为了让他能够听清我要说的话，我俯下身去对他说道：

“我还以为只有自己会老呐，其实别人也一样。咱们终于在这儿见面了，从前的事情已经毫无意义。”

在我讲话的时候，他解开了外套的扣子。他的右手放在上衣的口袋里面。有一件什么东西正指着我，我发觉那是一支手枪。

于是，他铿锵有声地对我说道：

“为了能够踏进您的家门，我不得不装出一副可怜兮兮的样子。现在您已经逃不出我的手心了，我可不是一个有什么恻隐之心的人。”

我想说点儿什么。我并非孔武威壮，只有言辞能够救我一命。我终于说道：

“很久以前，我确实伤害过一个孩子，不过，您已经不再是那个孩子，我也不再是那个不知轻重的人了。再说，报复和宽恕一样，都是面子上的事情，都是荒唐可笑的。”

---

1 Artemidorus，公元2世纪古希腊占卜家，著有《解梦》。

“正是由于我不再是那个孩子了，”他反驳我说，“所以才必须杀了您。这不是报复，而是讨回公道。您的辩白，博尔赫斯，只是因为害怕而耍的花招，想让我别杀了您。您已经别无选择了。”

“我还有一个办法，”我回答道。

“什么办法？”

“醒过来呀。”

我真的醒了。

致 冰 岛

我的躯体及身影
到过这美丽地球的许多地方，
其中最遥远也最亲切的是你，
世界的尽头啊，冰岛，
你这舟楫、耕犁和船桨、
晾晒着的鱼网、
从黎明起就溢满朦胧天空的
那奇特而凝滞的昏暗光线、
追踪已经消失了的
海盗帆影的劲风的国度。
你是一块圣地，你曾是

日耳曼民族的备忘录并挽救了
他们关于铁铸森林和林中的狼、
关于连鬼神也都闻风丧胆的
用死人指甲堆造的战舰的神话。
冰岛啊，自从那天早晨
父亲交给了当时还是孩子而至今仍然活着的我
一部《伏尔松萨迦》，
我就一直对你魂牵梦绕。
此刻，我虽然已经双目失明，
却还在借助词典缓慢地探讨着它的内容。
当躯体不胜心灵的重负的时候，
在火势已弱、已经变成灰烬之后，
开始耐着性子学做一件不见结果的事情
其实倒也非常不错。
于是，我就选择了你的语言，
那涵盖了一个半球的陆地和海洋、
曾经传播到过拜占庭
和美洲的荒蛮角落的北方拉丁文。

我知道自己不可能掌握，但是，
我期待的是那不期的收获，
而不是明知不可企及的成果。
那些悉心研究星辰或级数的人们
也许有的正是这样一种感觉……
只是出于爱，那愚蠢的爱啊，冰岛。

致 镜 子

不倦的镜子啊，你为什么那么执着？
神秘的兄弟啊，你为什么要重复
我的手的每一个细微的动作？
你为什么会成为黑暗中突显的光幅？
你就是希腊人所说的另一个自我，
你时时刻刻都在暗中窥探监视。
你透过飘忽的水面和坚硬的玻璃
将我跟踪，尽管我已经成了瞎子。
我看不见你，但却知道你的存在，
这事实本身使你变得更加可怖；
你是敢于倍增代表我们的自身

和我们的命运之物的数目的魔物。

在我死去之后，你会将另一个人复制，

随后是又一个、又一个、又一个……

致一只猫

镜子并不是更为沉寂悄然，
飘忽的晨曦也非踪影难觅；
月光下，你就好像是那花豹，
我们只能从远处看到你的形迹。
受到莫名的天条的制约，
我们只能枉然地将你寻找；
你比恒河及彩霞还要遥远，
你注定孤独、注定玄奥。
你的脊梁可以任由我的手
缓抚轻摩。早在很久以前，
从那已经无从追忆的时候起，

你就接受了我真心的爱怜。

你活着，却属于另一个时代。

你是一个梦境般的封闭世界的主宰。

东 兰 辛

白天和夜晚

杂错着（交织着）[1]回忆与焦虑：

焦虑是希望的一种形式，

回忆是我们为那顽固的忘却的疏漏所取的名字。

我一生都是那有着两个面孔的雅努斯，

望着日落，也望着晨曦；

我今天只想赞美你啊，可望的未来之期。

《圣经》描述过的和回荡着斧斫之声的地区，

我瞩目却不可能看到的树木，

卷带着我看不到的飞鸟的徐风，

渐入梦境乃至祖国的依依寒夜，

随着时间的推移而会逐渐熟悉的电灯开关和转门，
我会说一句“这又是一天”的醒来时分，
我的手将会触摸到的书籍，
将会只剩下声音的男女朋友，
我能看得到的唯一颜色晚霞的浑黄，
我歌唱所有的这一切以及
对布宜诺斯艾利斯的那些没有给过我幸福、
我在那里也不可能得到幸福的地方的
令人肝肠寸断的回忆。

东兰辛啊，我在傍晚的时候将你的霞彩赞颂，
我知道自己的话语可能非常精到确当，
但是，细究起来却又并不尽然，
因为现实是捉摸不到的，
因为语言只是一系列僵死的符号。

---

1 原文为英文。

密歇根、印第安纳、威斯康星、得克萨斯、加利福尼亚、亚利
  桑那，
我将努力将这些地方歌唱。

一九七二年三月九日

致丛林狼

在多少个世纪里面，四处旷野的
漫漫沙原没有一个地方未曾领教
你无以计数的践踏和灰色狐狼、
贪婪鬣狗般的呜咽嚎叫。
在多少个世纪里面？这么说不对。
狼啊，时间倏忽而逝，与你无关；
你活得真诚干净，你活得投入，
我们的生活却愚蠢得不胜其烦。
你那曾经是近乎于想象中的长吠
在亚利桑那的荒漠里面回响，
在那里，到处都是沃野荒原，

在那里，你那消失了的孤吠重又激荡。

你曾经是我一夜的象征，

但愿这首哀歌成为你模糊的画像。

一个明天

我已经年届七旬、
双目失明，
谁能发发善心
让我摆脱龙钟的老态，
摆脱如同一排排明镜般
千篇一律的日子，
摆脱礼数、拘囿和说教，
摆脱不断签发
以供尘封的名册，
摆脱充作记忆的书籍，
让我能够得到也许是作为阿根廷人

注定该得到的那充满生机的净土，
能够得到塞缪尔·约翰逊崇尚的
机缘和永恒探索
以及冒险的满足。
我曾经为自己没能成为像一八七四年去世的弗朗西斯科·博尔赫斯
或者像要求学生热爱而自己却并不相信的心理学的父亲[1]
那样的人
而感到愧疚和羞辱，
我将忘掉给了我一定名声的文字，
我将成为奥斯汀人、爱丁堡人和西班牙人，
我将到我心目中的西方去寻找黎明。
祖国啊，你属于我，但只是在那永不磨灭的记忆里面，
而不是在以日为计的瞬息之中。

1 博尔赫斯的父亲豪尔赫·吉列尔莫·博尔赫斯是律师和心理学教师。

老虎的金黄

那威猛剽悍的孟加拉虎
从未曾想过眼前的铁栅
竟会是囚禁自己的牢房，
待到日暮黄昏的时候，
我还将无数次地看到它在那里
循着不可更改的路径往来奔忙。
此后还会有别的老虎，
那就是布莱克的火虎；
此后还会有别的金黄，
那就是宙斯幻化的可爱金属，

那就是九夜戒指[1]：

每过九夜就衍生九个、每个再九个，

永远都不会有终结之数。

随着岁月的流转，

其他的绚丽色彩渐渐将我遗忘，

现如今只剩下了

模糊的光亮、错杂的暗影

以及那初始的金黄。

啊，夕阳的彩霞，啊，老虎的毛皮，

啊，神话和史诗的光泽，

啊，还有你的头发那更为迷人的金色，

我这双手多么渴望着去抚摩。

一九七二年，东兰辛

---

1 关于九夜戒指，有兴趣的读者可以参阅《小埃达》的第 49 章。戒指的名称是德劳普尼尔。——原注

图书在版编目（CIP）数据

老虎的金黄/（阿根廷）博尔赫斯（Borges, J. L.）著；林之木译.
—上海：上海译文出版社，2016.6（2025.5 重印）
（博尔赫斯全集）
ISBN 978-7-5327-7068-7

Ⅰ. ①老… Ⅱ. ①博… ②林… Ⅲ. ①诗集—阿根廷
—现代 Ⅳ. ①I783.25

中国版本图书馆CIP数据核字（2015）第210761号

JORGE LUIS BORGES
El oro de los tigres

图字：09-2010-605号

本书由上海市新闻出版专项资金资助出版

老虎的金黄
El oro de los tigres

JORGE LUIS BORGES
豪尔赫·路易斯·博尔赫斯 著
林之木 译

出版统筹 赵武平
责任编辑 周 冉
装帧设计 陆智昌

上海译文出版社有限公司出版、发行
网址：www.yiwen.com.cn
201101 上海市闵行区号景路159弄B座
上海新华印刷有限公司印刷

开本850×1168 1/32 印张4 插页2 字数22,000
2016年8月第1版 2025年5月第8次印刷

ISBN 978-7-5327-7068-7
定价：45.00元